Enki BILAL
MÉMOIRES D'OUTRE-ESPACE

Conception graphique : Air Studio

CASTERMAN

DU MÊME AUTEUR

LA FOIRE AUX IMMORTELS
LA FEMME PIÈGE
FROID ÉQUATEUR
LA TRILOGIE NIKOPOL (intégrale)

LE SOMMEIL DU MONSTRE
32 DÉCEMBRE
RENDEZ-VOUS À PARIS
QUATRE ?

NOUVEL ÉTAT DES STOCKS
MÉMOIRES D'OUTRE-ESPACE
MÉMOIRES D'AUTRES TEMPS

en collaboration avec Pierre Christin
LA CROISIÈRE DES OUBLIÉS
LE VAISSEAU DE PIERRE
LA VILLE QUI N'EXISTAIT PAS
LÉGENDES D'AUJOURD'HUI 1975-1977 (intégrale)
CŒURS SANGLANTS
LES PHALANGES DE L'ORDRE NOIR
PARTIE DE CHASSE
FINS DE SIÈCLE
L'ÉTOILE OUBLIÉE DE LAURIE BLOOM, LOS ANGELES, 1984...

HORS-JEU
en collaboration avec Patrick Cauvin
Éditions Casterman

EXTERMINATEUR 17
en collaboration avec Jean-Pierre Dionnet
Éditions les Humanoïdes Associés

LE SARCOPHAGE
en collaboration avec Pierre Christin
Éditions Dargaud

BLEU SANG

TYKHO MOON – LIVRE D'UN FILM
avec Dan Franck, Fabienne Renault et Isi Véléris
Éditions Christian Desbois

UN SIÈCLE D'AMOUR
en collaboration avec Dan Franck
Éditions Fayard

www.casterman.com

Première édition : 1983 - Dargaud éditeur
Deuxième édition : 1990 - Les humanoïdes associés
Troisième édition : 1992 - Les humanoïdes associés

ISBN 978-2-203-35343-5
© Enki Bilal & Casterman 2007

Droits de traduction et de reproduction réservés pour tous pays. Toute reproduction, même partielle, de cet ouvrage est interdite. Une copie ou reproduction par quelque procédé que ce soit, photographie, microfilm, bande magnétique, disque ou autre, constitue une contrefaçon passible des peines prévues par la loi du 11 mars 1957 sur la protection des droits d'auteur.
Imprimé en France par Pollina s.a., Luçon. Dépôt légal : mai 2007 ; D. 2007/0053/599.
n° L43072

— Hem... Voilà, mon général... Ce Grabulb dit qu'il comprend parfaitement notre langue, mais qu'il n'a aucune intention d'exécuter des ordres militaires... ... La religion, l'origine culturelle et sociale, le respect de la vie, quelle qu'elle soit, interdisent à la race Grabulb de toucher à la moindre arme...

— Pour toutes ces raisons, il refuse d'endosser un quelconque uniforme et de cautionner d'une façon ou d'une autre la... la barbarie militaire... ce sont ses propres termes, mon général...

— Tiens, tiens...

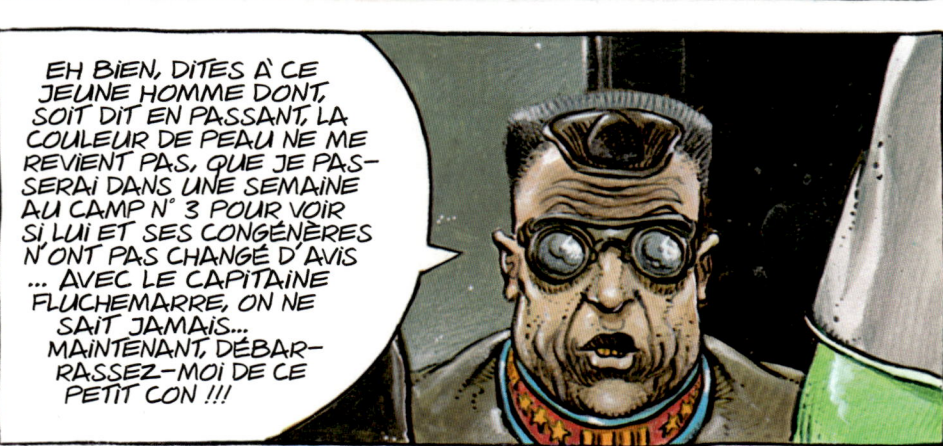

— Eh bien, dites à ce jeune homme dont, soit dit en passant, la couleur de peau ne me revient pas, que je passerai dans une semaine au camp n° 3 pour voir si lui et ses congénères n'ont pas changé d'avis ... avec le capitaine Fluchemarre, on ne sait jamais... Maintenant, débarrassez-moi de ce petit con !!!

— Vraiment rien à faire, mon général...

Une semaine plus tard — Camp n° 3, dans le vacarme assourdissant des GRZ 12 en train de décoller...

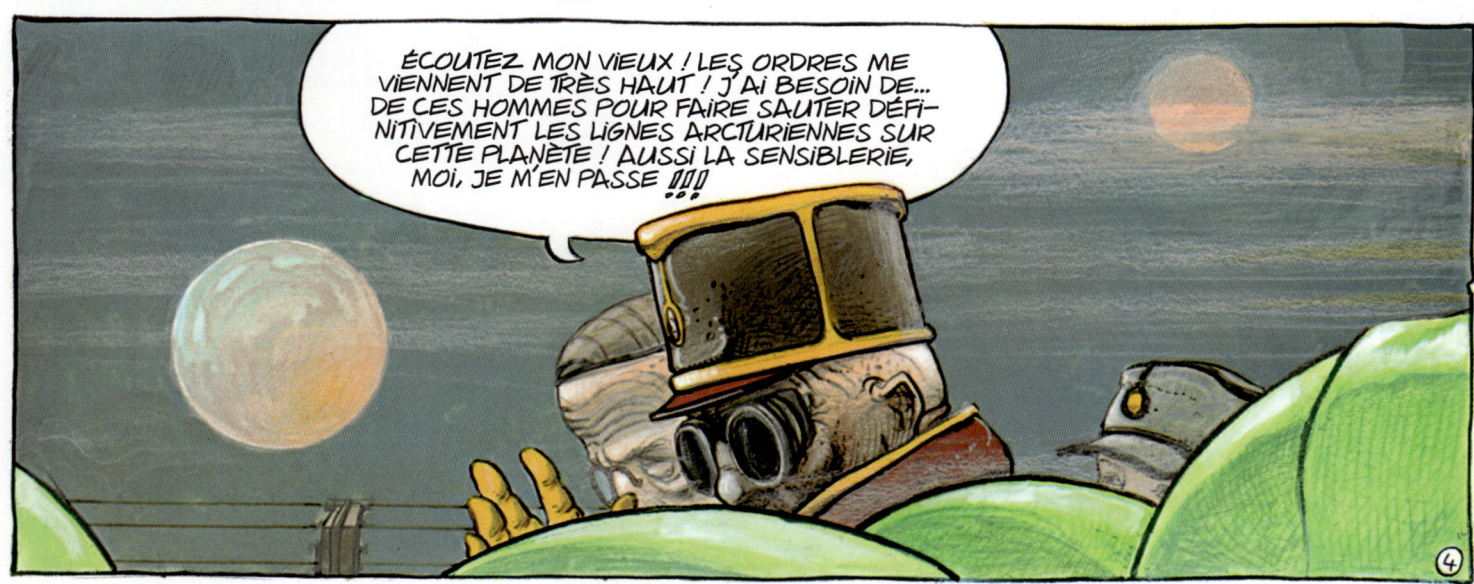

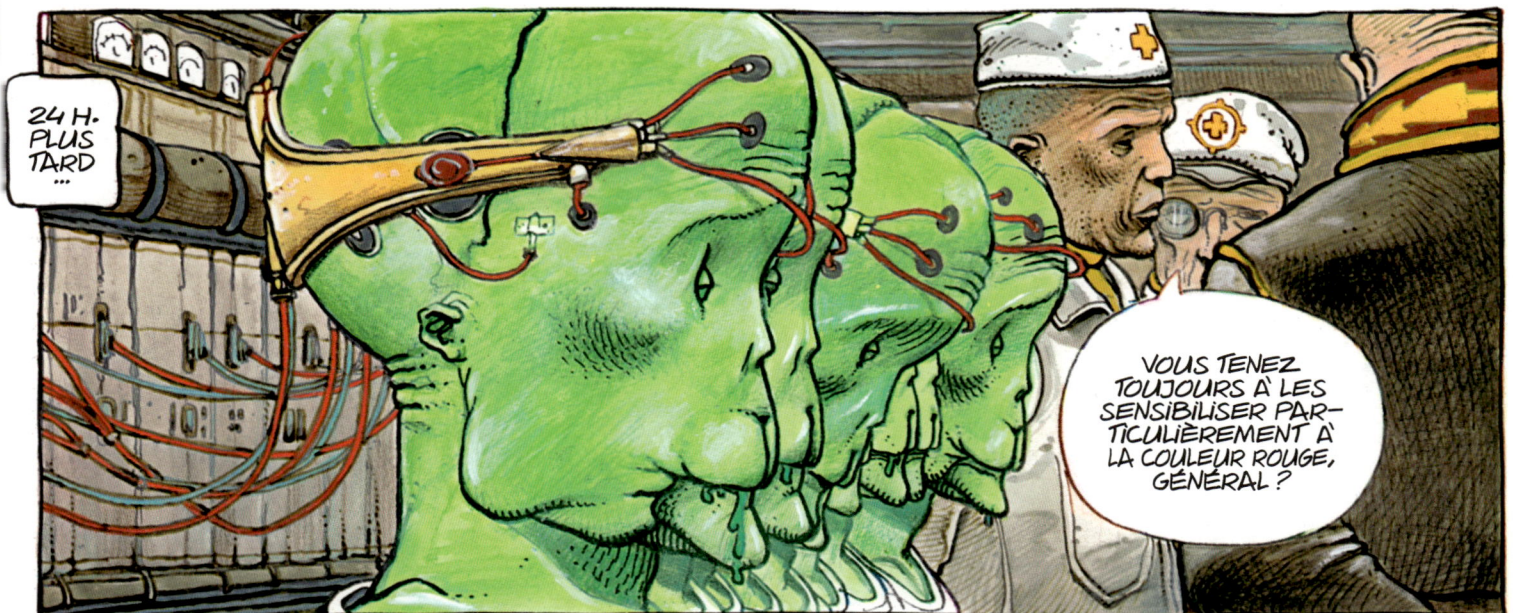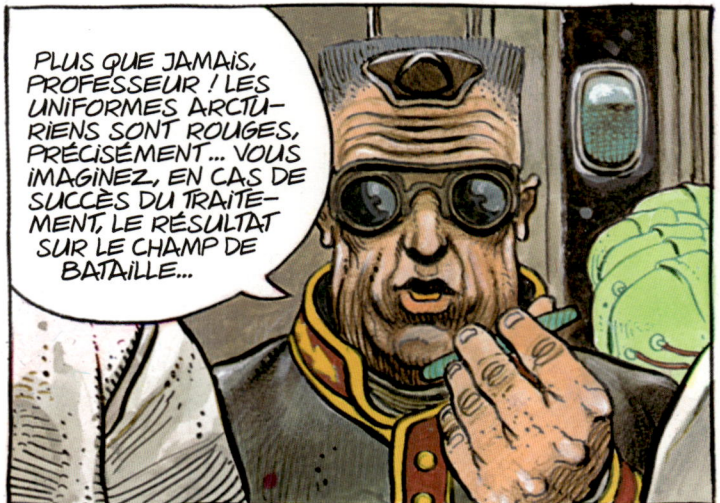

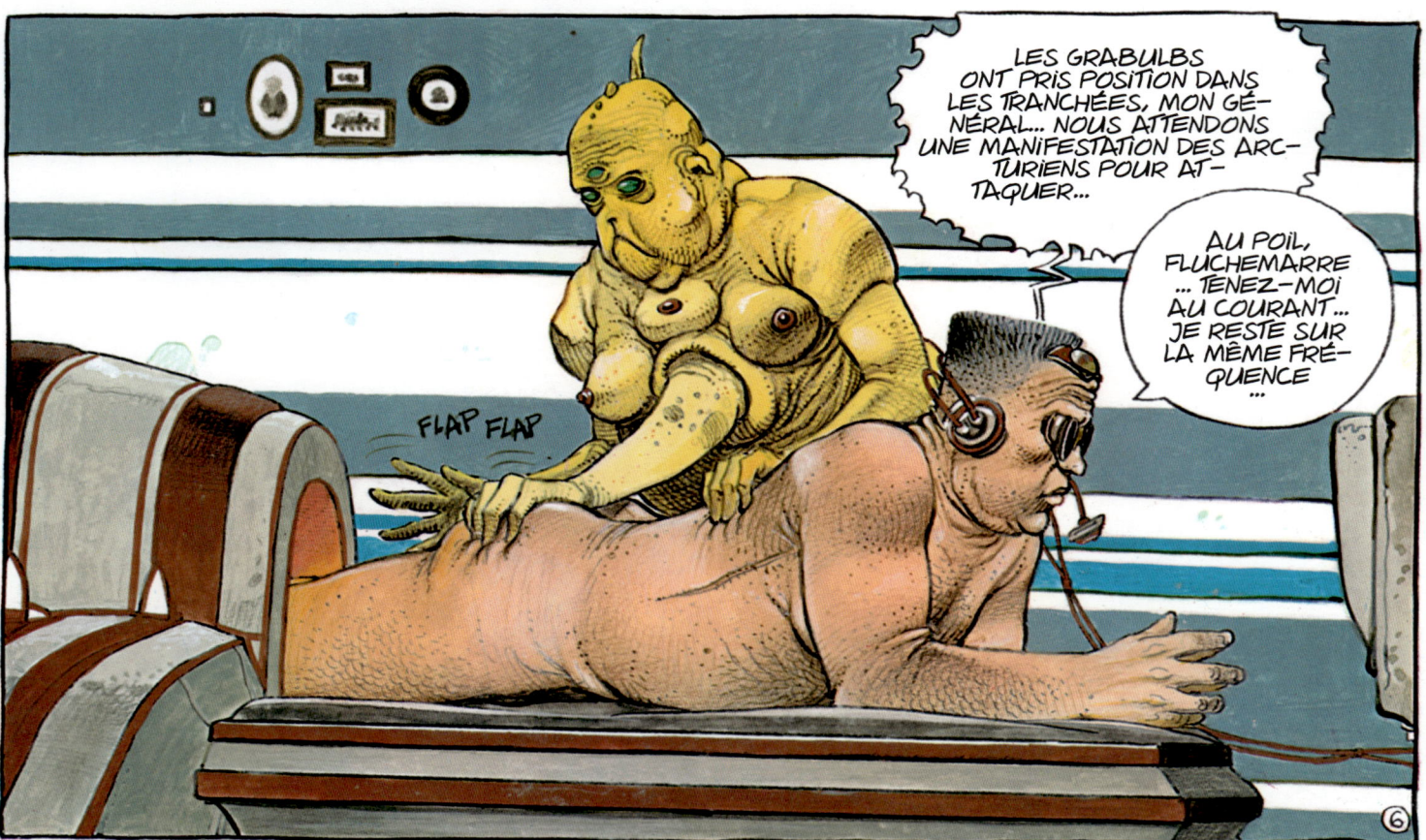

Au **N**om du **F**er, du **F**il...

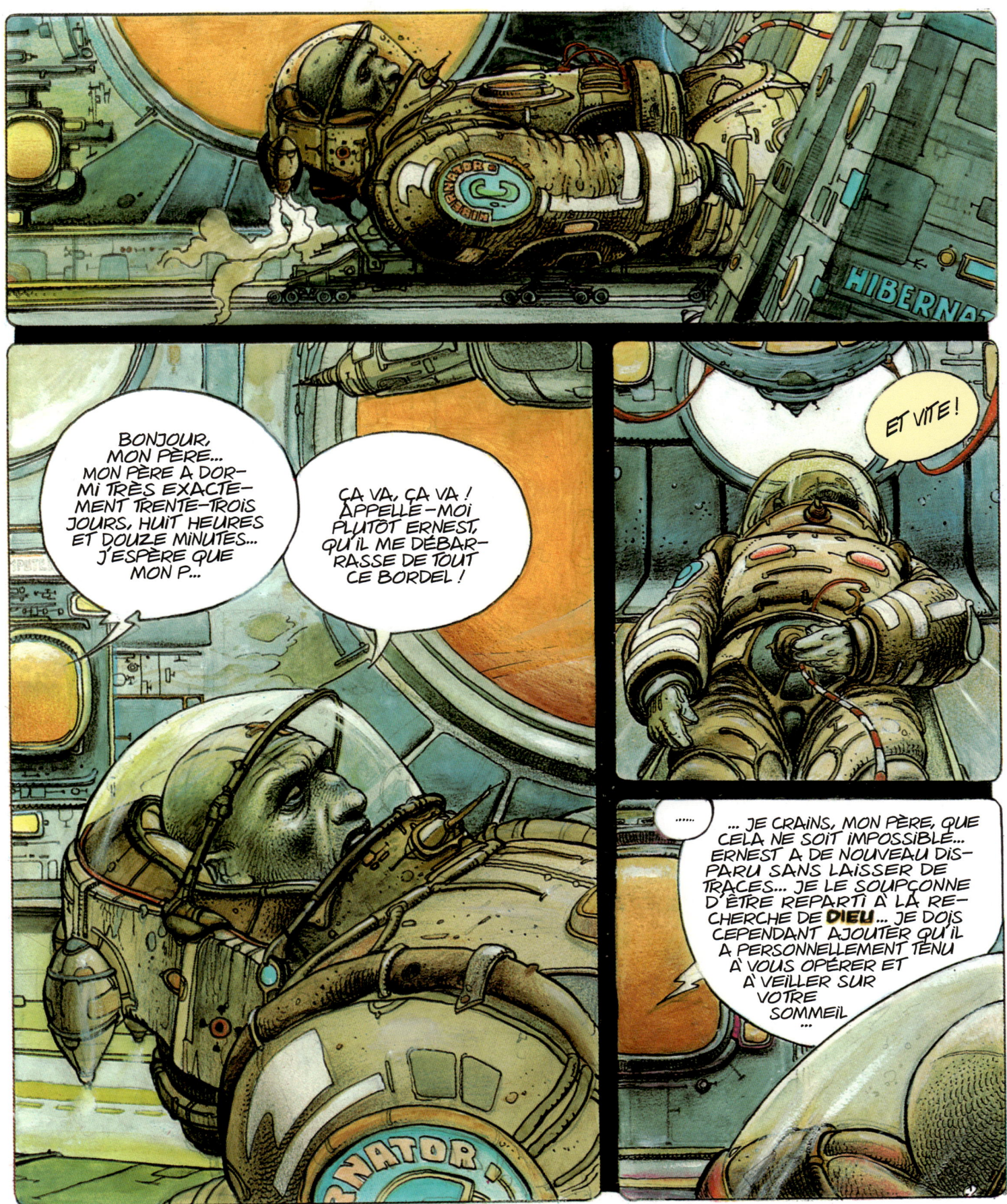

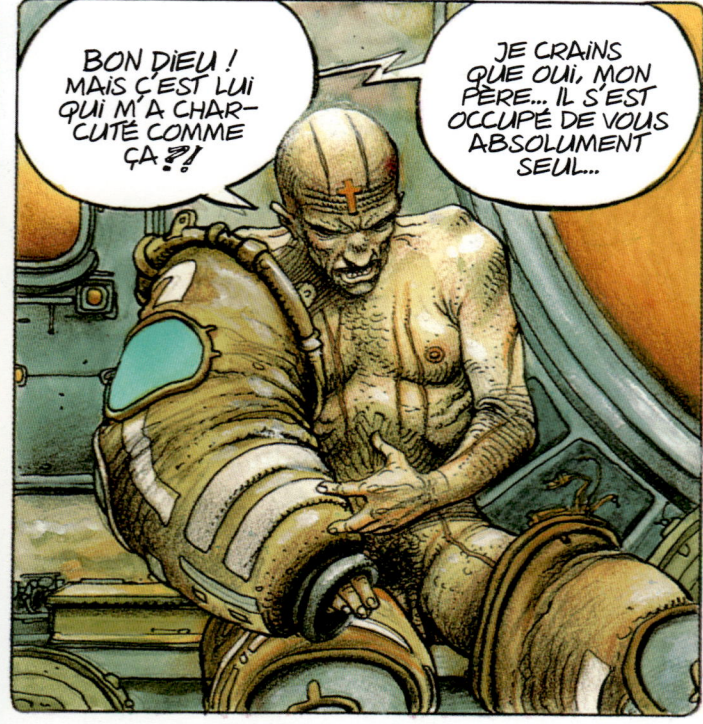

Ultime Négociation

Depuis plusieurs décennies, les rapports entre Terriens et Gloobs s'étaient sérieusement détériorés... Les deux premières délégations terriennes de la S.I.P (Sauvegarde Intergalactique de la Paix), envoyées sur la planète Gloob, avaient mystérieusement disparu... Les Gloobs paraissent être hors de tout soupçon dans cette étrange affaire, car en plus de la bonne volonté qui caractérise naturellement leur race, ils ont su faire preuve d'esprit de conciliation en proposant une troisième, et ultime, négociation (d'où le titre).
Les Terriens, conscients de son importance, ont décidé d'envoyer vers la lointaine planète Gloob, deux des plus hauts commandants en chef des forces spaciales, accompagnés par un haut dignitaire de la politique terrienne ......

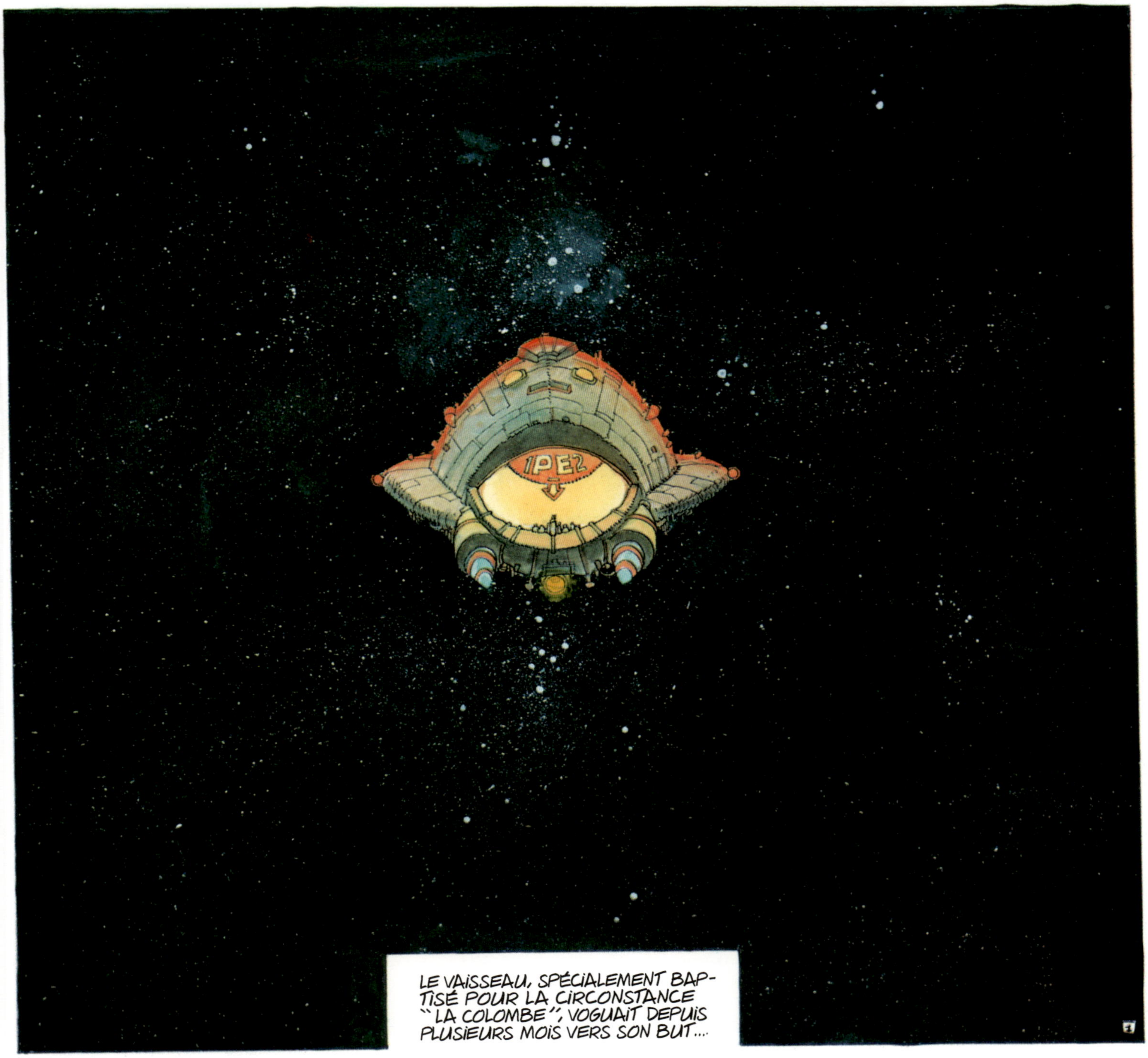

Le vaisseau, spécialement baptisé pour la circonstance "La Colombe", voguait depuis plusieurs mois vers son but...

LES GLOOBS, QUOIQUE PROFONDÉMENT AGACÉS PAR L'ÉCHEC DES DEUX PRÉCÉDENTES NÉGOCIATIONS, ÉTAIENT DÉCIDÉS À RÉUSSIR... MAIS LEUR LÉGENDAIRE PATIENCE AVAIT DES LIMITES. AUSSI LORSQUE "LA COLOMBE" FIT SON APPARITION DANS LEUR CIEL FLAMBOYANT, ÉTAIENT-ILS PLUS NERVEUX QU'À L'ORDINAIRE...

— À PROPOS DE LA RACE GLOOB, IL EST BON DE RAPPELER QU'ELLE EST L'UNE DES PLUS ÉTONNANTES DE TOUTE LA GALAXIE... LES PETITS ÊTRES BLEUS ONT EN EFFET UNE TAILLE MOYENNE D'ENVIRON 50cm, ET SURTOUT LA PARTICULARITÉ D'AVOIR LA TÊTE TOTALEMENT INDÉPENDANTE DU CORPS... CE QUI LEUR PERMET, SELON LES CIRCONSTANCES, DE LA TRIMBALER SOUS LE BRAS OU, EN CAS DE GUERRE PAR EXEMPLE, DE LA DÉPOSER, BIEN À L'ABRI, DANS DES BANQUES SPÉCIALEMENT PRÉVUES À CET EFFET. IL EST ÉGALEMENT INTÉRESSANT DE NOTER QU'UNE TÊTE BIEN PROTÉGÉE ET BIEN CONSERVÉE PEUT PRÉTENDRE À L'IMMORTALITÉ... IL Y A AINSI QUELQUES MILLIONS DE TÊTES STOCKÉES DANS DES BANQUES À MÉMOIRE, EN UN GIGANTESQUE ORDINATEUR VIVANT-

La Planète du Non-retour

FULL-SARMA 2, COMMANDANT DES FORCES DE DISSUASION GALACTIQUES TERRIENNES, ÉTAIT TRÈS HEUREUX AUX COMMANDES DE SON VAISSEAU DE COMBAT... 1/4 D'ANNÉE-LUMIÈRE À PEINE LE SÉPARAIT DU Q.G. D'ALPHA DU CENTAURE... LA GUERRE CONTRE LES GLOOBS ÉTAIT PRESQUE TERMINÉE ET LA PERMISSION DONT IL BÉNÉFICIAIT POUR "HAUTE TENUE AU COMBAT" ALLAIT LUI PERMETTRE DE RÉALISER SON PLUS CHER DÉSIR, RÉELLE CONSÉCRATION POUR UN HOMME DE L'ESPACE : VOIR ENFIN, POUR LA PREMIÈRE FOIS, LA TERRE.

D'ALPHA DU CENTAURE IL EMPRUNTERAIT LA NAVETTE SPÉCIALE ET QUATRE ANNÉES-LUMIÈRE PLUS LOIN IL POSERAIT LE PIED SUR " SA " PLANÈTE... CAR FULL-SARMA 2 ÉTAIT L'UN DE CES QUELQUES MILLIONS D'ÊTRES HUMAINS, NÉS AU HASARD DE TELLE OU TELLE CONSTELLATION, ET QUE LE "MYTHE" DE LA TERRE N'EN FINISSAIT PAS DE HANTER...

Une première foule d'informations recueillies par l'ordinateur de bord atténua en partie l'inquiétude de F.S.2. L'atmosphère était respirable, quoiqu'un peu lourde, et la température extérieure, bien que très élevée (66°), avait toutes les chances de décroître avec la tombée de la nuit... Mais une nouvelle le rassura tout particulièrement... L'ordinateur avait décelé des traces de YEZIUM, minerai facilement convertissable en énergie utilisable...

Pourtant à plusieurs millions de kilomètres de là...

LORSQUE LA RÉPONSE PARVINT À FULL-SARMA 2 LA NUIT ÉTAIT DÉJÀ TOMBÉE ET LUI, PRÊT À SORTIR...

... CEPENDANT JE VOUS CONSEILLE UNE EXTRÊME PRUDENCE... CETTE PLANÈTE RECÈLE DES DANGERS INCONNUS... LES FORCES TERRIENNES ONT RENONCÉ À L'EXPLORER... TROIS EXPÉDITIONS N'EN SONT JAMAIS REVENUES... LA DERNIÈRE EN DATE EST CELLE DE FULL-SARMA 1, VOTRE PÈRE...
... C'ÉTAIT IL Y A VINGT ANS...
... SINCÈRES VŒUX DE BONNE CHANCE FULL-SARMA 2 J'ENREGISTRE VOTRE DISPARITION... TERMINÉ...

LA PLANÈTE, QUOIQUE INHOSPITALIÈRE NE LUI SEMBLAIT PAS HOSTILE OU TRAÎTRESSE COMME CERTAINES QU'IL AVAIT EU L'OCCASION D'AFFRONTER AU COURS DE SA LONGUE CARRIÈRE D'EXPLORATEUR-GUERRIER...
AUSSI LES MISES EN GARDE DE ZUR-LOEWE 3 L'INTRIGUAIENT-ELLES GRANDEMENT, DE MÊME QUE L'ÉTRANGE DESTINÉE DES EXPÉDITIONS PRÉCÉDENTES, DONT CELLE DE SON PÈRE...
LES LIENS PARENTAUX N'ONT JAMAIS EU GRANDE IMPORTANCE PARMI LES HOMMES DE L'ESPACE, MAIS LE FAIT DE CONNAÎTRE LE MÊME SORT QUE SON PÈRE LE TOUCHAIT PRESQUE... LA COÏNCIDENCE, EN TOUT CAS, ÉTAIT EXTRAORDINAIRE...

... SALOPERIE DE MÉTÉORITE!

La Mort d'Orlaon

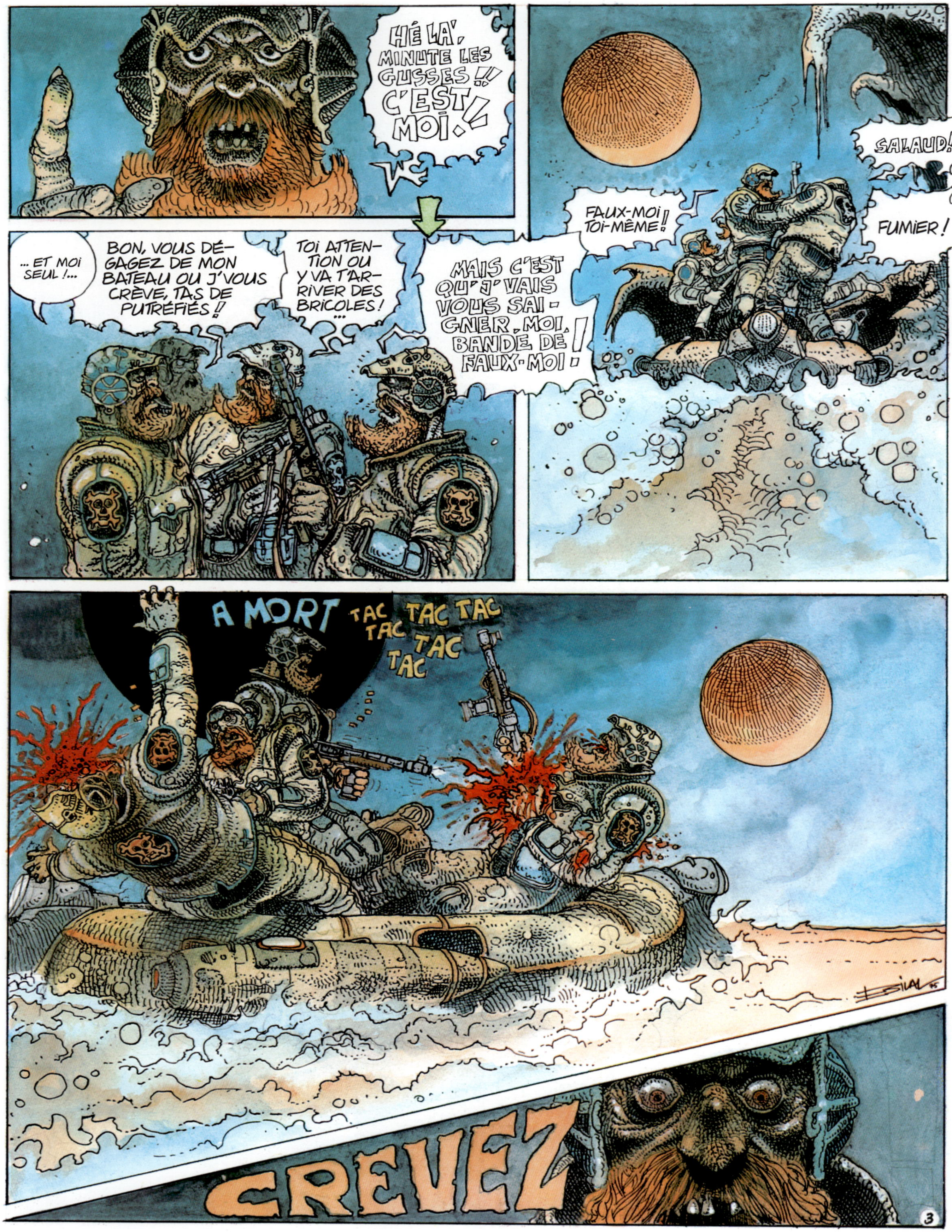
HÉ LÀ, MINUTE LES GUSSES !! C'EST MOI. !!
SALAUD !
FAUX-MOI TOI-MÊME !
FUMIER !
... ET MOI SEUL !...
BON, VOUS DÉGAGEZ DE MON BATEAU OU J'VOUS CRÈVE, TAS DE PUTRÉFIÉS !
TOI ATTENTION OU Y VA T'ARRIVER DES BRICOLES ! ...
MAIS C'EST QU'J'VAIS VOUS SAIGNER, MOI, BANDE DE FAUX-MOI !
A MORT
TAC TAC TAC TAC TAC TAC
CREVEZ

Le Déglingué

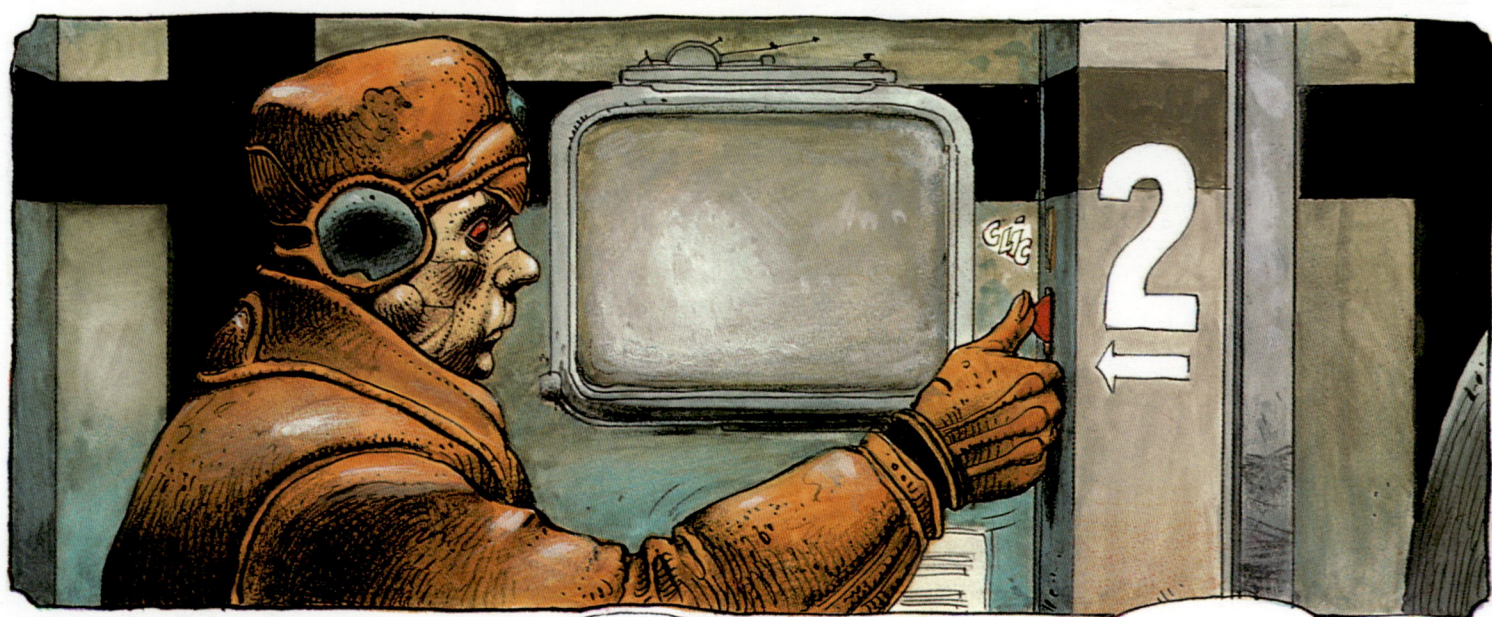
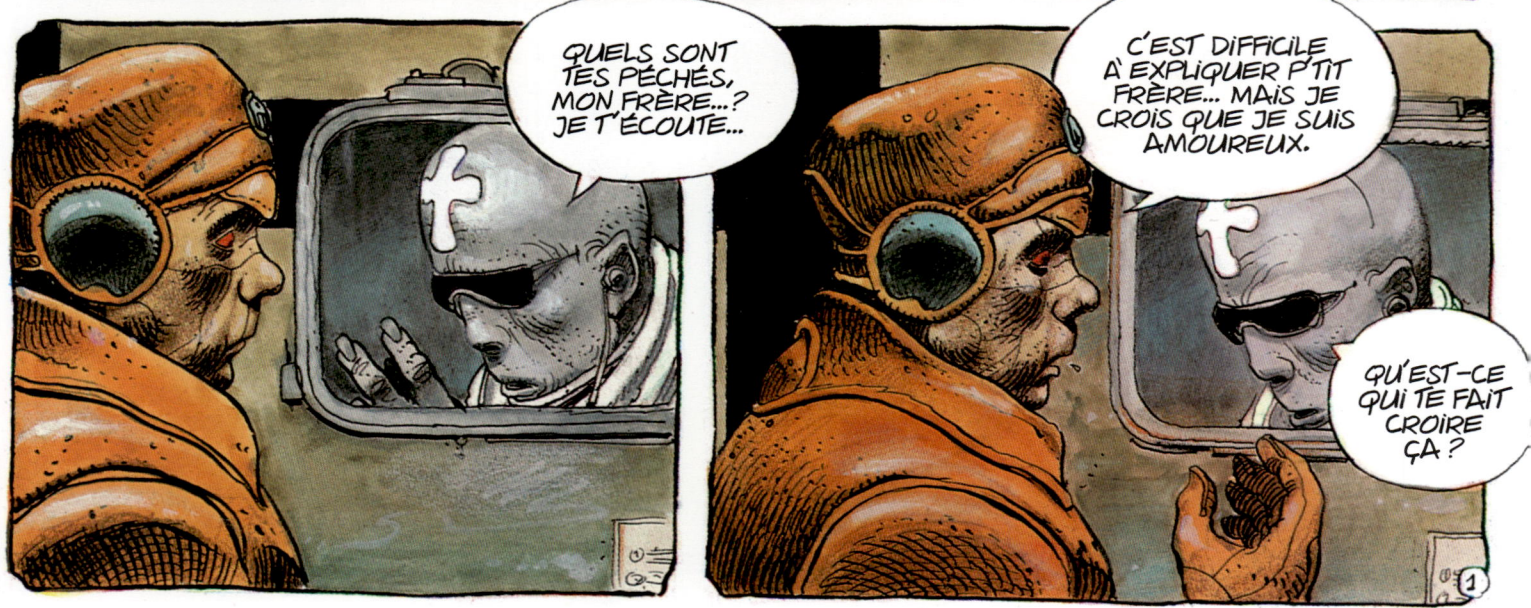

Drame Colonial bis

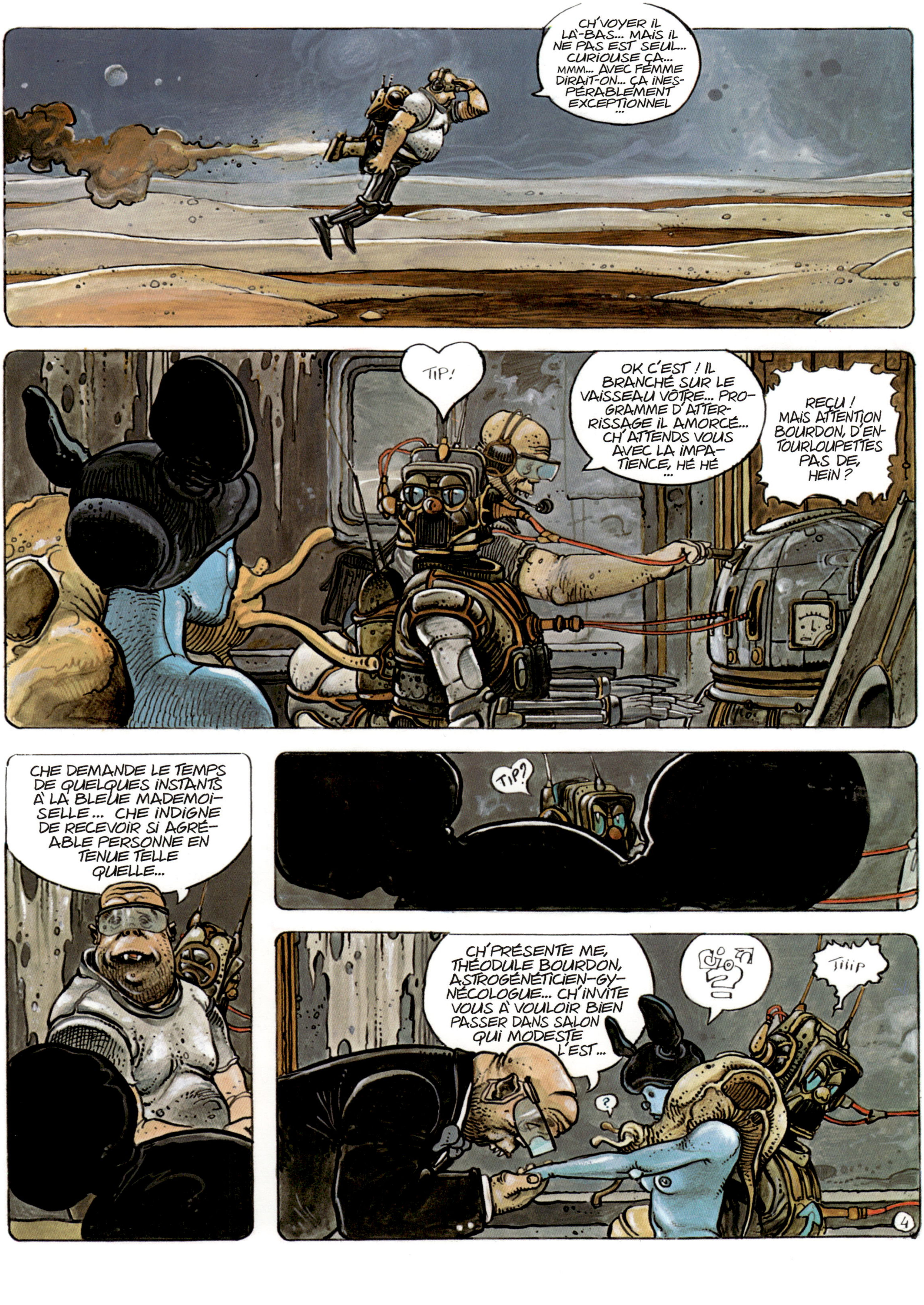
CH'VOYER IL LÀ-BAS... MAIS IL NE PAS EST SEUL... CURIOUSE ÇA... MMM... AVEC FEMME DIRAIT-ON... ÇA INES-PÉRABLEMENT EXCEPTIONNEL ...
TIP!
OK C'EST ! IL BRANCHÉ SUR LE VAISSEAU VÔTRE... PRO-GRAMME D'ATTER-RISSAGE IL AMORCÉ... CH'ATTENDS VOUS AVEC LA IMPA-TIENCE, HÉ HÉ ...
REÇU ! MAIS ATTENTION BOURDON, D'EN-TOURLOUPETTES PAS DE, HEIN ?
CHE DEMANDE LE TEMPS DE QUELQUES INSTANTS À LA BLEUE MADEMOI-SELLE... CHE INDIGNE DE RECEVOIR SI AGRÉ-ABLE PERSONNE EN TENUE TELLE QUELLE...
TIP?
CH'PRÉSENTE ME, THÉODULE BOURDON, ASTROGÉNÉTICIEN-GY-NÉCOLOGUE... CH'INVITE VOUS À VOULOIR BIEN PASSER DANS SALON QUI MODESTE L'EST...
TIIIP
?

CHE GRANDE SPÉCIALISTÉ, VOYEZ-VOUS, DEPUIS LE PÈRE EN FILS EN GÉNÉTIQUE HYBRIDE... ET MOI-MÊME CHE RÉSULTAT SPECTACULAIRE SUIS DE CROISEMENT ENTRE HUMAIN (MON PÈRE) ET ROBOT (MA MÈRE) — VOUS SANS DOUTE REMARQUER MÉTALLIQUES JAMBES MIENNES... PAR LA SUITE, CH'APPLIQUÉ PATERNELLE MÉTHODE À CRÉATION DE MACHINE ROBOTIQUE QUE VOUS CONNAISSER — VOUS SANS DOUTE REMARQUER HUMAINES JAMBES QUI LES SIENNES... ...CH'ASSEZ FIER, DOIS-CHE DIRE, RÉSULTAT TEL...

... ET CE BIEN QU'IL MACHINE ROBOTIQUE COMPLÈTEMENT STUPIDE ET PRIVÉ D'INTELLIGENCE ET DE PAROLE IL EST !

...POURTANT CEPENDANT MA GRANDE AMBITION PERSONNELLE ESTÉ CROISEMENT SUPRÊME ENTRE HUMAIN ET EXTRATERRESTRE... ET CH'GRANDE SATISFACTION AI D'VOIR QUE VOUS, PETITE FEMME BLEUE ÊTRE COMPATIBLE POUR EXPÉRIENCE TELLE...

AUSSI, EXALTANTE TÂCHE AI-CHE À VOUS PROPOSER EN CE DONTE CIRCONSTANCE ... CH'VOULOIR DIRE EN PLUS CLAIRS TERMES, CHE ET VOUS ACCOUPLEMENT SEXUEL MUTUEL ALLONS PRATIQUER ...

C'ÊTRE GRANDE PERSPECTIVE POUR IL RACE HUMAINE, DONT CHE ET COLONIE QUI PRÉSENTEMENT ATTERRISSAGE EFFECTUÉ, PURS REPRÉSENTANTS SOMMES...

TIP

MAIS CE DONT NÉCESSITE PRIMAIREMENT EXAMEN GYNÉCOLOGIQUE APPROPRIÉ... CHE DEMANDE VOUS VOULOIR BIEN ALLONGER VOUS ET ÉCARTER JAMBES...

!@?

NOM D'MON DIEU !!! IL MACHINE ROBOTIQUE COMPLÈTEMENT DÉCONNER !!! IL DÉBRANCHER OU QUOI ?!!

TIP!
CLIC CLAC

PAN PAN PAN PAN
ET NOUS CRASHER NOUS !!!
TIP.
AAAAAAAA
AAAAAAAAAAAHHH
BRAOUM
TIP
TOC TOC TOC

NOTE DE L'AUTEUR : AINSI S'ACHÈVE CETTE DRAMATIQUE HISTOIRE, INTITULÉE À JUSTE TITRE "DRAME COLONIAL", NON SANS AVOIR POSÉ QUELQUES-UNS DES GRANDS PROBLÈMES DE NOTRE SOCIÉTÉ : COLONISATION, INCOMMUNICABILITÉ, LANGAGE, FAMILLE, AMOUR, PROCRÉATION, CONTRACEPTION, SUICIDE, ROBOTIQUE, ETC.

Le Plitch

C'ÉTAIT, IL Y A, DANS PAS SI LONGTEMPS QUE ÇA, AU-DESSUS DE LA BANLIEUE PARISIENNE...

NOUS APPROCHONS MONSIEUR LE PRÉSID'ORDRE... À L'HEURE QU'IL EST, LE CHEF DE LA SÉCURITÉ DE L'ORDRE DOIT ÊTRE SUR PLACE...

AVEC, ESPÉRONS-LE, DES EXPLICATIONS RATIONNELLES À NOTRE PROBLÈME...

EH BIEN, CETTE AFFAIRE ?
...

INIMAGINABLE MONSIEUR LE PRÉSID'ORDRE ! JE DIRAIS MÊME QUE CELA DÉPASSE L'ENTENDEMENT ! **TOUTE** LA POPULATION DE GENNEVILLIERS A EFFECTIVEMENT DISPARU !

VOLATILISÉE ?!

NI PLUS NI MOINS...

AU FAIT FIRMIN, VOTRE FEMME SE PORTE BIEN DEPUIS SON ACCOUCHEMENT ?

TRÈS BIEN, MONSIEUR LE PRÉSID'ORDRE... JE VOUS REMERCIE MONSIEUR LE PRÉSID'ORDRE... NOUS ARRIVONS MONSIEUR LE PRÉSID'ORDRE...

AH, VOUS VOICI MON CHER MONSIEUR LE PRÉSID'ORDRE !

39

VOUS RENDEZ-VOUS COMPTE, PRINCE, QUE CE QUE VOUS ME DITES LÀ EST TOTALEMENT GROTESQUE ...
HÉLAS MONSIEUR LE PRÉSID'ORDRE... IL FAUT BIEN SE RENDRE À L'ÉVIDENCE... MES HOMMES ONT FOUILLÉ LA VILLE DE FOND EN COMBLE... EN VAIN... PLUS UN CHAT !
CHEZ MIMI
... PLUS UN CHAT, MAIS PAR CONTRE CETTE CHOSE ÉTRANGE QUI SE BALADE AU-DESSUS DU SOL EN FAISANT "PLITCH" QUAND ON LA TOUCHE...
PLITCH ?
OUI : PLITCH !
VOTEZ À BÂBORD
a bas le Ro
!?
PLITCH
EN EFFET ...
DE TOUTE FAÇON, PLITCH OU PAS PLITCH, QUEL RAPPORT AVEC CETTE... DISPARITION COLLECTIVE... !!?
MERCI FIRMIN !
À MON AVIS AUCUN, MONSIEUR LE PRÉSID'ORDRE. ... MAIS L'OPPOSITION Y EST PEUT-ÊTRE POUR QUELQUE CHOSE... N'OUBLIEZ PAS QUE PAR TRADITION, GENNEVILLIERS EST UNE MUNICIPALITÉ À BÂBORD !

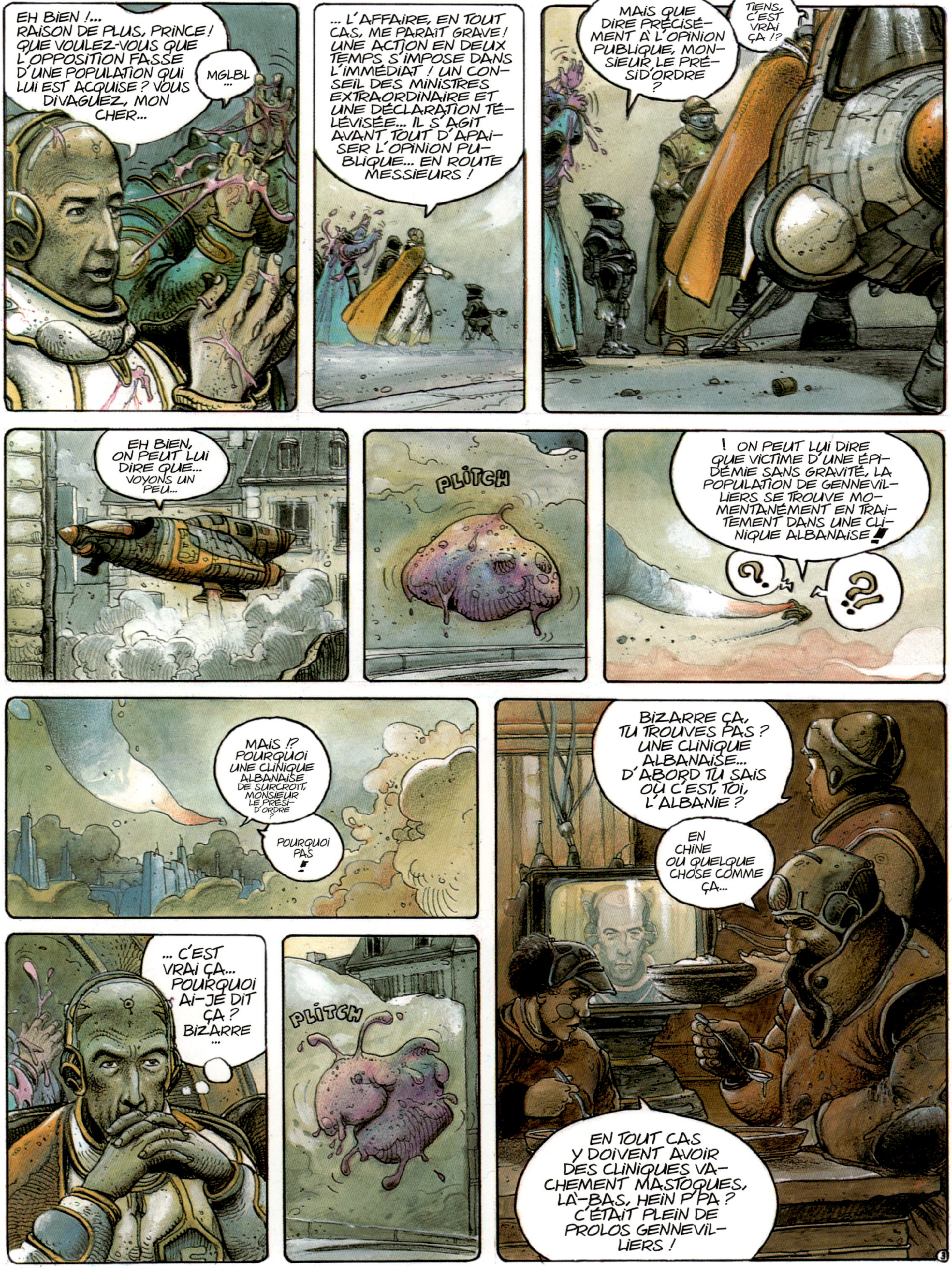
EH BIEN !... RAISON DE PLUS, PRINCE ! QUE VOULEZ-VOUS QUE L'OPPOSITION FASSE D'UNE POPULATION QUI LUI EST ACQUISE ? VOUS DIVAGUEZ, MON CHER...
MGLBL ...
... L'AFFAIRE, EN TOUT CAS, ME PARAIT GRAVE ! UNE ACTION EN DEUX TEMPS S'IMPOSE DANS L'IMMÉDIAT ! UN CONSEIL DES MINISTRES EXTRAORDINAIRE ET UNE DÉCLARATION TÉLÉVISÉE... IL S'AGIT AVANT TOUT D'APAISER L'OPINION PUBLIQUE... EN ROUTE MESSIEURS !
MAIS QUE DIRE PRÉCISÉMENT À L'OPINION PUBLIQUE, MONSIEUR LE PRÉSID'ORDRE ?
TIENS, C'EST VRAI ÇA !?
EH BIEN, ON PEUT LUI DIRE QUE... VOYONS UN PEU...
PLITCH
! ON PEUT LUI DIRE QUE VICTIME D'UNE ÉPIDÉMIE SANS GRAVITÉ, LA POPULATION DE GENNEVILLIERS SE TROUVE MOMENTANÉMENT EN TRAITEMENT DANS UNE CLINIQUE ALBANAISE !
?
?!
MAIS !? POURQUOI UNE CLINIQUE ALBANAISE DE SURCROIT, MONSIEUR LE PRÉSID'ORDRE ?
POURQUOI PAS !
BIZARRE ÇA, TU TROUVES PAS ? UNE CLINIQUE ALBANAISE... D'ABORD TU SAIS OÙ C'EST, TOI, L'ALBANIE ?
EN CHINE OU QUELQUE CHOSE COMME ÇA...
... C'EST VRAI ÇA... POURQUOI AI-JE DIT ÇA ? BIZARRE ...
PLITCH
EN TOUT CAS Y DOIVENT AVOIR DES CLINIQUES VACHEMENT MASTOQUES, LÀ-BAS, HEIN P'PA ? C'ÉTAIT PLEIN DE PROLOS GENNEVILLIERS !
9

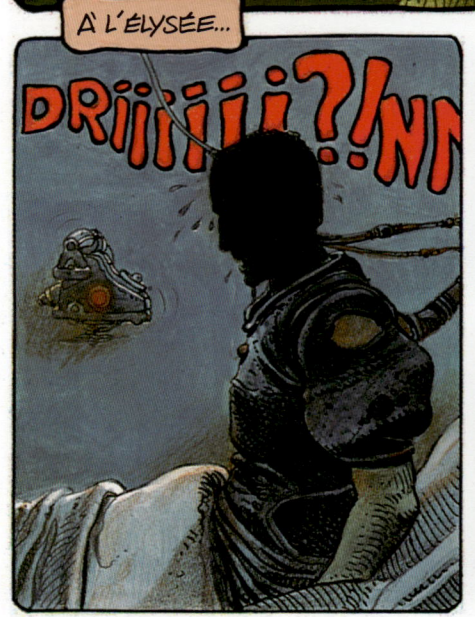

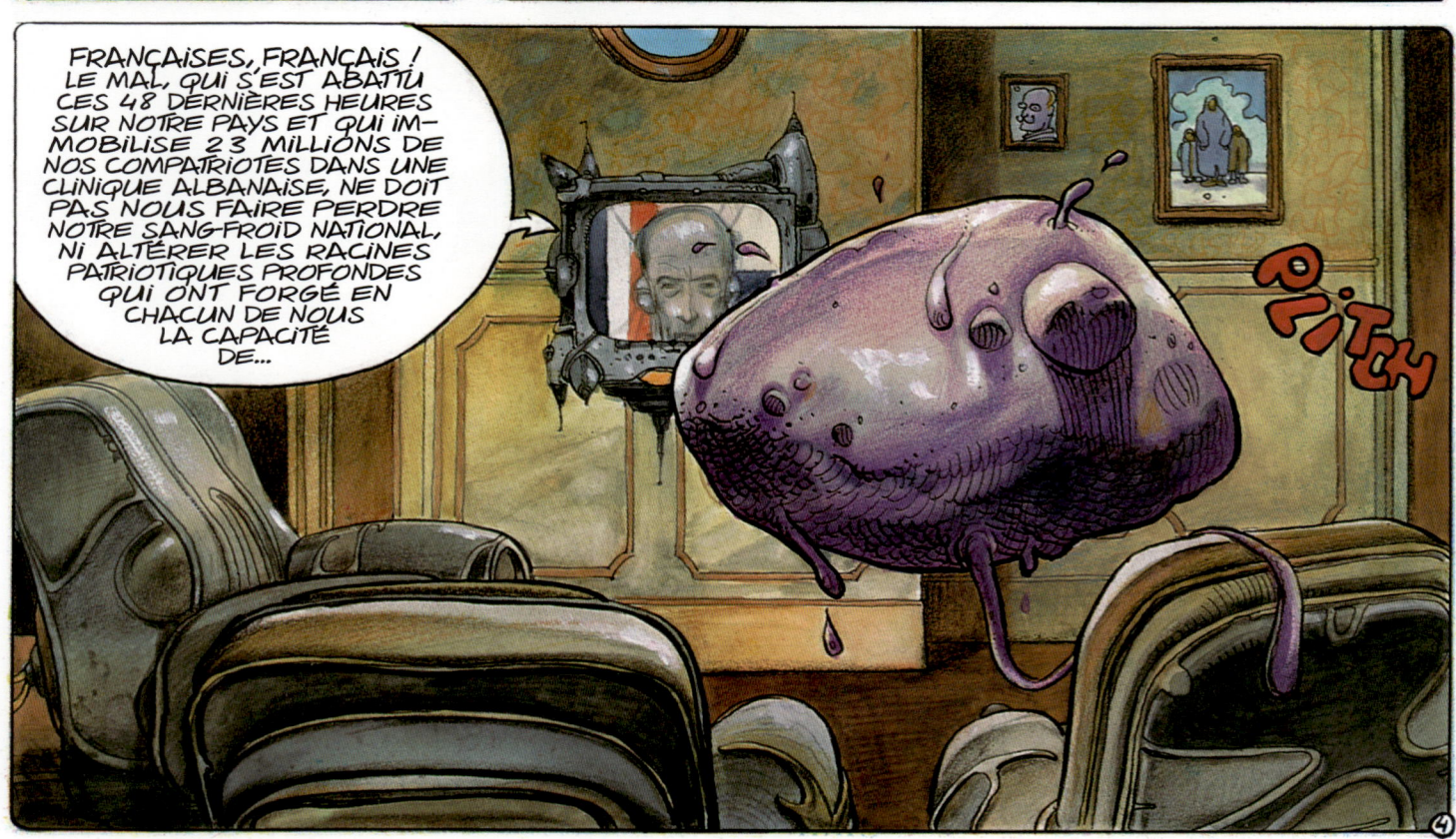

ET CETTE NUIT-LÀ...

PLIiiiiiiiiiTCHH

À L'ÉLYSÉE...

DRiiiii?!NN

... OUI... ?...

QUOI ?!! LYON, BORDEAUX, MARSEILLE ?!

FRANÇAISES, FRANÇAIS ! LE MAL, QUI S'EST ABATTU CES 48 DERNIÈRES HEURES SUR NOTRE PAYS ET QUI IMMOBILISE 23 MILLIONS DE NOS COMPATRIOTES DANS UNE CLINIQUE ALBANAISE, NE DOIT PAS NOUS FAIRE PERDRE NOTRE SANG-FROID NATIONAL, NI ALTÉRER LES RACINES PATRIOTIQUES PROFONDES QUI ONT FORGÉ EN CHACUN DE NOUS LA CAPACITÉ DE...

PLiTCH

HUIT JOURS PLUS TARD...

CHERS AMIS PARISIENS ! COMME VOUS LE SAVEZ SANS DOUTE, LE RESTE DE LA POPULATION FRANÇAISE SE TROUVE ACTUELLEMENT EN TRAITEMENT DANS UNE CLINIQUE ALBANAISE... LE GOUVERNEMENT ET MOI-MÊME SERONS BIENTÔT EN MESURE DE VOUS FOURNIR...

... DES EXPLICATIONS RATIONNELLES À CE PROBLÈME DÉLICAT ! LA SITUATION, SI ELLE EST GRAVE, N'EST NÉAN-MOINS PAS DÉSESPÉRÉE ET LE GOUVERNE-MENT EST FERMEM...

MONSIEUR LE PRÉSID'ORDRE ! LÀ-BAS ! LA CHOSE QUI FAIT PLITCH QUAND ON LA TOUCHE !

EH BIEN, QU'À CELA NE TIENNE, PRINCE ! LA FRANCE EST UN PAYS DÉMO-CRATIQUE, ET CE "PLITCH" EST LE BIENVENU...

TROIS SECONDES PLUS TARD...

PLIT

- MAIS ?!?
- CIEL !
- COMMENT EST-CE POSSIBLE ?
- ÇA ALORS...
- MON DIEU...
- PLUS PERSONNE !
- MÊME PLUS UN CHAT !
- OH !
- BEN MERDE ALORS ! TOUS EN ALBANIE...

EH OUI MESSIEURS ! LE DESTIN L'A AINSI VOULU ! NOUS SOMMES DONC LES DERNIERS ET SEULS FRANÇAIS À N'AVOIR PAS ÉTÉ TOUCHÉS PAR LA MYSTÉRIEUSE ÉPIDÉMIE...

... AUSSI, AI-JE DÉCIDÉ, NOUS PARTONS DEMAIN POUR L'ALBANIE... IL EST DES MOMENTS OÙ UN PEUPLE A BESOIN DE SES CHEFS ET VICE-VERSA ! ALLONS MESSIEURS !

TENEZ FIRMIN ! JE VOUS LAISSE LES CLÉS DE LA MAISON, AINSI QUE LES DESTINÉES DU PAYS...

CETTE CONFIANCE ME TOUCHE PROFONDÉMENT MONSIEUR LE PRÉSID'ORDRE !

HÉ HÉ HÉ ! QUI VA À LA CHASSE PERD SA PLACE

CETTE ÉPIDÉMIE EST DÉCIDÉMENT PROVIDENTIELLE ! ELLE NOUS ÉVITE TOUS LES RISQUES DU COUP D'ÉTAT CLASSIQUE ET TOUJOURS ALÉATOIRE ! NOUS VOICI ENFIN MAÎTRES DU PAYS ! CET APRÈS-MIDI, RÉUNION EXTRAORDINAIRE DE TOUS LES ROBOTS DISPONIBLES ! JE FORME UN NOUVEAU GOUVERNEMENT ! HÉ HÉ HÉ...
OR, DONC, DANS UNE CAMPAGNE AUSSI VIDE QUE SILENCIEUSE, ALORS QUE SE LÈVE PÉNIBLEMENT UN SOLEIL PÂLOT, BIENTÔT SUIVI D'UN PLITCH GIGANTESQUE...
COURAGE MESSIEURS ! COURAGE !!!
VIVE LA FRANCE !
NOUS ARRIVONS EN ITALIE !
CE CLAIR DE LUNE EST SPLENDIDE ...
NOUS VOICI DÉJÀ EN YOUGOSLAVIE, MONSIEUR LE PRÉSID'ORDRE, ET NOUS N'AVONS TOUJOURS PAS VU ÂME QUI VIVE ! PAS MÊME UN CHAT ! BIZARRE, NON ?
BIZARRE, OUI... COMME BEAUCOUP DE POINTS DE CETTE AFFAIRE...
NOS PERTES COMMENCENT À ÊTRE LOURDES MONSIEUR LE PRÉSID'ORDRE... DÉJÀ TROIS MINISTRES MORTS D'ÉPUISEMENT DONT CELUI DE LA GUERRE...
NOUS ARRIVONS GÉNÉRAL, NOUS ARRIVONS !
AAAARGH....

EN EFFET, TROIS SEMAINES PLUS TARD...
LÀ ! EN BAS ! LA CLINI-QUE !
IL N'EN RESTE PLUS GRAND-CHOSE ON DIRAIT !
FFF... CRÈVE, MOI...
BRAOUM
TAC TAC TAC TAC TAC
BANG
BANG
AAAAH
SCHBLAM
ÇA A L'AIR DE SE PASSER PLUTÔT MAL, ICI... QUE SUGGÉREZ-VOUS, GÉNÉRAL ?
IL FAUT ALLER VOIR DE QUOI IL S'AGIT, MONSIEUR LE PRÉSI-D'ORDRE ! C'EST NOTRE DEVOIR ...
HEY
N'AVANCEZ PAS PAR LÀ ! JE VIENS DE MINER LE TERRAIN !!
VOILÀ DU RENFORT LES MECS ! LES FRANÇAIS SONT AVEC NOUS !
8

EH BIEN, MON CHER, QUE SE PASSE-T-IL ? POURQUOI TOUT CE BORDEL ?
LA GUERRE MON VIEUX ! C'EST LA GUERRE ...
UN COUP DES ROUGES PROBABLEMENT ! ON A ÉTÉ ROULÉS COMME DES BLEUS ! FIGUREZ-VOUS QUE L'HISTOIRE DE L'ÉPIDÉMIE ET DE LA CLINIQUE, C'ÉTAIT DU BIDON ! PAS UN CHAT DANS CETTE CLINIQUE QUAND ON S'EST POINTÉS... JE SUPPOSE QUE VOUS ÊTES VENUS POUR LES MÊMES RAISONS ...
EN EFFET JE...
EN FACE 'Y A LES RUSSKOFFS, LES CHINETOQUES ET LEURS LARBINS ! EUX, ILS SONT PERSUADÉS QUE C'EST NOUS QUI AVONS FAIT LE COUP ! ILS BLUFFENT EN VOULANT NOUS FAIRE CROIRE QUE LEURS POPULATIONS ONT ÉGALEMENT DISPARU ! NOM DE DIEU, ILS VONT PAYER ÇA !!!
CETTE NUIT, NOUS DONNONS L'ASSAUT ! VOUS RESTEZ AVEC NOUS ?
BIEN ENTENDU ! LA PASSIVITÉ MILITAIRE EST LA SCLÉROSE DES NATIONS PROGRESSISTES ! LA FRANCE NE PEUT IGNORER CELA ! ET JE DOIS RECONNAITRE MOI-MÊME QUE, DEPUIS FORT LONGTEMPS, JE N'AI PAS EU L'OCCASION DE CHASSER ...
9

... ET, CE SOIR-LÀ CE FUT GLORIEUX...

GOOO !
DIEU EST AVEC NOUS !

① GRENADE ATOMIQUE

BROOOM
TAC TAC TAC
AAAAH
PAN

BANG

... GLORIEUX MAIS BREF...

ET TANDIS QU'IL NE RESTE PLUS UN CHAT SUR TERRE, ET QUE, COMME EN FRANCE, UN PEU PARTOUT DANS LE MONDE, DES ROBOTS PRENNENT LE POUVOIR, AU DELÀ DE LA LUNE ET MÊME DE MARS, UN GIGANTESQUE PLITCH FINIT D'EMPORTER SA PRÉCIEUSE CARGAISON HUMAINE, FRUIT DE SON EXTRAORDINAIRE COUP D'AUDACE...

AINSI S'ACHÈVE LA PLUS FABULEUSE AFFAIRE DE KIDNAPPING DES ANNALES DE LA POLICE JUDICIAIRE...
MIAOU...